IMPRESSUM

Herausgeber	MEDI-LEARN Verlag GbR Dorfstrasse 57 24107 Ottendorf
Cartoons	Daniel Lüdeling
Redaktion	Christian Weier, Jens Plasger, Fritz Ramcke, Christian Gottschalk, Désirée Weber
Layout	Fritz Ramcke
Satz	Kristina Junghans, Christian Gottschalk
Druck	Löhnert-Druck
ISBN	978-3-95658-085-7

VORWORT

Seit fast einem Jahrzehnt wird mit Hilfe des Cartoonbuches eine Vielzahl von Menschen aus dem Blaulichtviertel therapiert. Regelmäßig und nicht verschreibungspflichtig erscheint die grüne Dosis an Humor im Fachbuchhandel. 100 Einzelindikationen befinden sich in dem Therapeutikum und wir raten ausdrücklich dazu, nicht die komplette Dosis in einem Schwung zu konsumieren. Anderenfalls kann es zu Nebenwirkungen kommen.

Nebenwirkungen können reduziert werden, indem die niedrigste wirksame Dosis über den kürzesten, für die Symptomkontrolle erforderlichen Zeitraum angewendet wird. Wie alle Arzneimittel aus dem Hause MEDI-LEARN kann das vorliegende Präparat Nebenwirkungen haben, die aber nicht bei jedem auftreten müssen. Bei gut einem Drittel der Probanden führte es zu Myalgie im Wangen- oder Bauchbereich. Ebenso häufig reagierten die Probanden mit Schmunzeln oder Lachen.

Damit die Nebenwirkungen nicht überhand annehmen, empfehlen wir die Therapie auf unserer Webseite www.medi-learn.de/cartoons fortzusetzen.

Lustigerweise grüßen,
Daniel & Chris

Daniel Lüdeling
Zeichner und Cartoonist
Bielefeld, 2018

Christian Gottschalk
MEDI-LEARN
Kiel, 2018

Online geht's weiter

Die Applikation der Cartoons lässt sich online verstärken: zum Beispiel durch das Versenden von digitalen Postkarten (E-Cards), durch Audiokommentare oder sogenannte Entstehungsvideos, bei denen du dem Künstler beim Malen des Cartoons über die Schulter schauen kannst. Die Symbole (siehe unten) weisen dich darauf hin, welche der Zusatzfunktionen online zur Verfügung stehen. Zum Aufruf gib einfach die URL in einen Browser ein und schon kann es losgehen. Zur besseren Verträglichkeit des Cartoonbuchs empfehlen wir dringend, den einen oder anderen Cartoon einmal per E-Card an Freunde zu verschicken.

Wir wünschen dir den maximalen Therapieerfolg!

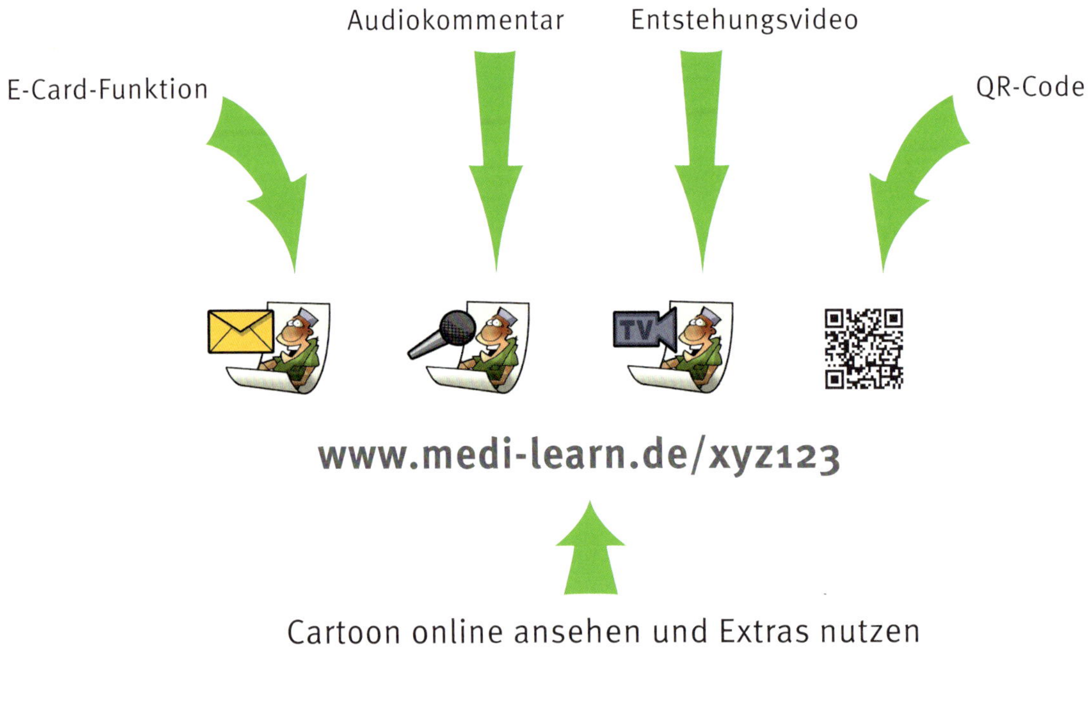

www.medi-learn.de/baz69

Titel	4 Jahreszeiten
Zeichner	Daniel Lüdeling
Jahr	2017

EHRLICH, DOC - WIE LANGE HAB ICH NOCH ?!
ALSO WENN SIE NOCHMAL ALLE VIER JAHRESZEITEN ERLEBEN MÖCHTEN, DANN EMPFEHLE ICH IHNEN DIE PIZZA!
NA
180/92

www.medi-learn.de/bez69

Titel	Arsch
Zeichner	Daniel Lüdeling
Jahr	2017

BLEIBEN SIE RUHIG, WIR VERSUCHEN HIER NUR, IHREN ARSCH ZU RETTEN...
RD

www.medi-learn.de/biz69

Titel	Blumen
Zeichner	Daniel Lüdeling
Jahr	2017

SEID IHR BESCHEUERT, MITTEN IN MEINEN BLUMEN ZU LANDEN ?!
Luftrettu..
PAX

www.medi-learn.de/boz69

Titel	Reanimation
Zeichner	Daniel Lüdeling
Jahr	2017

DIESE REANIMATION GEWINNE ICH !!

www.medi-learn.de/buz69

Titel	Dschungelcamp
Zeichner	Daniel Lüdeling
Jahr	2018

DAS WÄRE JETZT ALSO EIN C-PROMI MIT EINEM C-PROBLEM!
UNGELCAMP
OLT MICH HIER RAUS!

www.medi-learn.de/cab69

Titel	Eier
Zeichner	Daniel Lüdeling
Jahr	2017

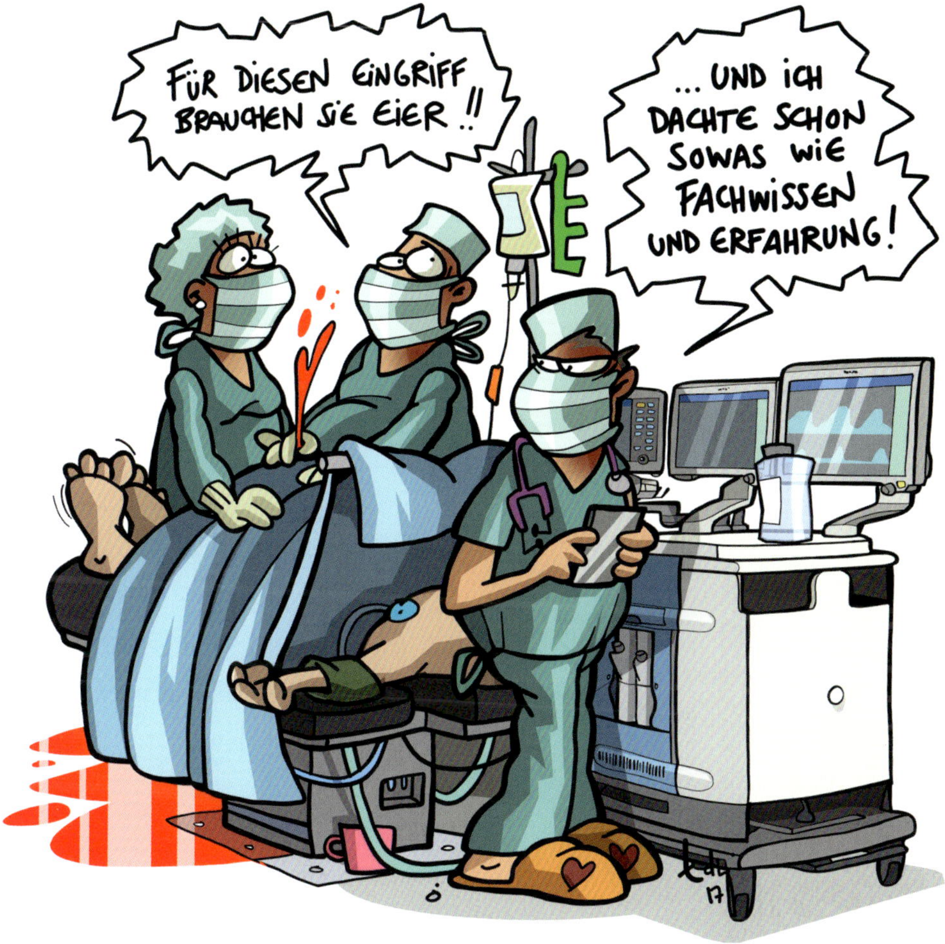
FÜR DIESEN EINGRIFF BRAUCHEN SIE EIER!!
... UND ICH DACHTE SCHON SOWAS WIE FACHWISSEN UND ERFAHRUNG!

www.medi-learn.de/ceb69

Titel	Gameplay
Zeichner	Daniel Lüdeling
Jahr	2017

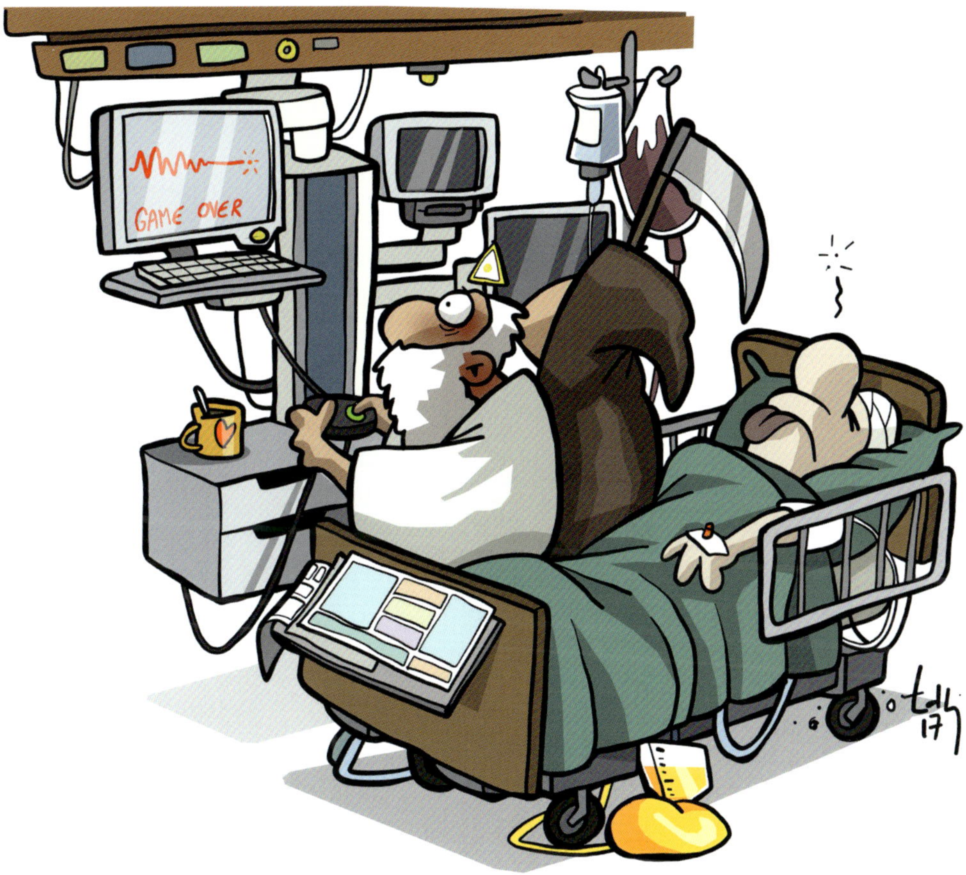
GAME OVER

www.medi-learn.de/cib69

Titel	Geduld
Zeichner	Daniel Lüdeling
Jahr	2017

ES GILT:
"TREAT FIRST, WHAT KILLS FIRST"
ALSO BITTE ETWAS GEDULD !!
COFFEE
NOT ARZT
NA

www.medi-learn.de/cob69

Titel	Greys Anatomy
Zeichner	Daniel Lüdeling
Jahr	2017

KEINE PANIK!
ICH HAB FAST ALLE FOLGEN VON "GREY'S ANATOMY" GESEHEN...

www.medi-learn.de/cub69

Titel	Honig
Zeichner	Daniel Lüdeling
Jahr	2017

DER URIN HAT DIE KONSISTENZ VON HONIG !!
DANN MACHEN WIR NOCH DEN BLUTZUCKER !! ...
tdh 17

www.medi-learn.de/dac69

Titel	Hypochondrie
Zeichner	Daniel Lüdeling
Jahr	2017

HERR KASULKE, ICH BEFÜRCHTE, SIE LEIDEN UNTER EINER MASSIVEN HYPOCHONDRIE!!
AHA! ALSO DOCH! ICH WUSSTE ES!! UND MEINE FRAU SAGT IMMER, ICH HÄTTE NIX UND WÜRDE MIR DAS ALLES EINBILDEN!!

www.medi-learn.de/dec69

Titel	Gefällt mir nicht
Zeichner	Daniel Lüdeling
Jahr	2017

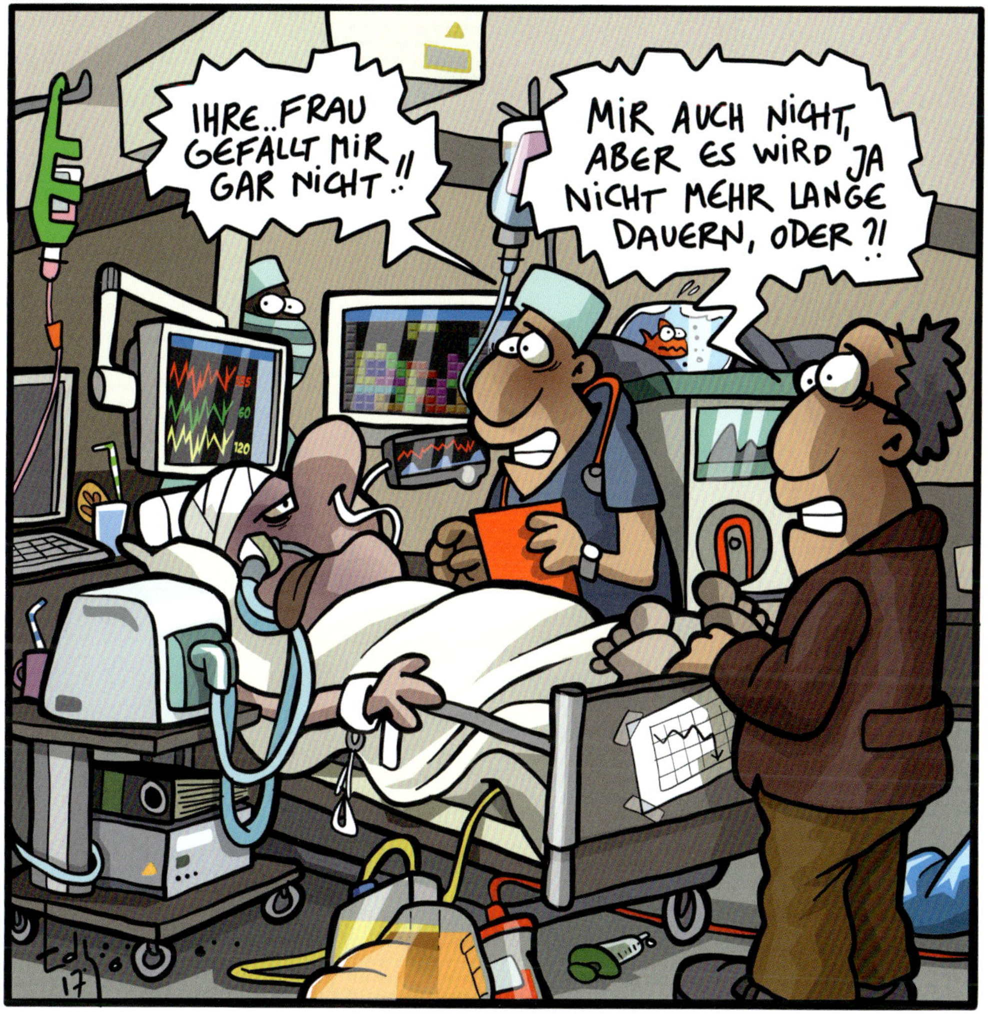
IHRE.. FRAU GEFÄLLT MIR GAR NICHT!!
MIR AUCH NICHT, ABER ES WIRD JA NICHT MEHR LANGE DAUERN, ODER?!

www.medi-learn.de/dic69

Titel	Katholisch
Zeichner	Daniel Lüdeling
Jahr	2017

DER PATIENT IST TACHYKARD!!
QUATSCH! ICH BIN KATHOLISCH!!
NOTARZT
RD
tolli 17

www.medi-learn.de/doc69

Titel	Lehrbücher
Zeichner	Daniel Lüdeling
Jahr	2017

HERR PROFESSOR, DAS HABE ICH IN MEINEM LEHRBUCH ANDERS GELESEN...
ICH LESE KEINE LEHRBÜCHER, ICH SCHREIBE SIE!!
STUD

www.medi-learn.de/duc69

Titel	Mut
Zeichner	Daniel Lüdeling
Jahr	2017

NA SUPER! DU MACHST UNS HIER RICHTIG MUT!!

www.medi-learn.de/fad69

Titel	Noch warm
Zeichner	Daniel Lüdeling
Jahr	2017

HAUPTSACHE, DIE LIEFERUNG IST NOCH WARM, WENN WIR BEIDE ANKOMMEN, ODER?
DU SAGST ES!
PIZZA
-HOT-
RETTUNGS DIENST
17

www.medi-learn.de/fed69

Titel	Pfütze
Zeichner	Daniel Lüdeling
Jahr	2017

ICH BEFÜRCHTE, WIR KOMMEN ZU SPÄT!
RETTUNG
NA

www.medi-learn.de/fid69

Titel	Plötzlich COPD
Zeichner	Daniel Lüdeling
Jahr	2017

NA, DANN DRÜCKEN SIE MAL IHRE ZIGARETTE AUS UND DANN KÜMMERN WIR UNS UM IHRE PLÖTZLICH AUFGETRETENE COPD !!
RD
O_2
TABAK

www.medi-learn.de/fod69

Titel	Prostitution
Zeichner	Daniel Lüdeling
Jahr	2017

DIE CHIRURGIE IST EINER DER ÄLTESTEN BERUFE!
PROSTITUTION AUCH !!
ANÄSTHESIE

www.medi-learn.de/fud69

Titel	Rauchmelder-Tag
Zeichner	Daniel Lüdeling
Jahr	2017

www.medi-learn.de/gaf69

Titel	Rot
Zeichner	Daniel Lüdeling
Jahr	2017

ICH SEHE WAS, WAS DU NICHT SIEHST UND DAS IST… ROT!
NFS
LÄUFT!

www.medi-learn.de/gef69

Titel	Schockierend
Zeichner	Daniel Lüdeling
Jahr	2017

WOFÜR SIND EIGENTLICH DIESE BEIDEN GROSSEN AUFKLEBER ?!
DIE ANTWORT WIRD SIE SCHOCKIEREN!

www.medi-learn.de/gif69

Titel	Schwerkraft
Zeichner	Daniel Lüdeling
Jahr	2017

ICH FRAGE MICH IMMER, WAS DIESE MENSCHEN ANTREIBT...
ES IST VERMUTLICH DIE SCHWERKRAFT!

www.medi-learn.de/gof69

Titel	Sterbeprozess
Zeichner	Daniel Lüdeling
Jahr	2017

HERR DOKTOR, WIE LÄUFT SO'N STERBEPROZESS EIGENTLICH AB?!
TJA, ALSO EIN BESTATTER KOMMT AUF UNSERE INTENSIVSTATION, ZEIGT AUF DEN PATIENTEN UND SAGT "DER DA!"

www.medi-learn.de/guf69

Titel	Taktische Verletzung
Zeichner	Daniel Lüdeling
Jahr	2017

Taktische Verletzten Versorgung

www.medi-learn.de/hag69

Titel	Urinprobe
Zeichner	Daniel Lüdeling
Jahr	2017

DEN BECHER HABE ICH GAR NICHT GEBRAUCHT - DA WAR JA 'NE TOILETTE DRIN!
WC
WC

www.medi-learn.de/heg69

Titel	Verlernen
Zeichner	Daniel Lüdeling
Jahr	2017

NATÜRLICH IST DIE INTUBATION NOTWENDIG! SONST VERLERNE ICH DAS NOCH...

www.medi-learn.de/hig69

Titel	Vorurteile
Zeichner	Daniel Lüdeling
Jahr	2017

DAS WAR EIN ECHT SCHÖNES DATE. ICH HATTE WOHL DOCH ZU VIELE VORURTEILE GEGENÜBER MEDIZINERN...
KEIN PROBLEM! ABER ICH WÜRDE DICH GERNE ZUR BEOBACHTUNG ÜBER NACHT HIERBEHALTEN!

www.medi-learn.de/hog69

Titel	Show
Zeichner	Daniel Lüdeling
Jahr	2017

MUSS ICH IRGENDETWAS MACHEN ?!
NÖ. LEHNEN SIE SICH ZURÜCK UND GENIEßEN SIE DIE SHOW...

www.medi-learn.de/hug69

Titel	Alarmierungen
Zeichner	Daniel Lüdeling
Jahr	2017

DIE TOP 4 SITUATIONEN, IN DENEN DER MELDER GEHT:

www.medi-learn.de/kah69

Titel	Aufnehmen
Zeichner	Daniel Lüdeling
Jahr	2017

LEITSTELLE - KÖNNEN SIE MICH AUFNEHMEN?
RA
RETTUNG
W-TF-1
NA KLAR! BISTE ZUHAUSE RAUSGEFLOGEN?
LST
Porn hub
LST

www.medi-learn.de/keh69

Titel	Blasentee
Zeichner	Daniel Lüdeling
Jahr	2017

KÖNNTEN SIE MIR EINEN BLASEN...
PAT: MARCO S.
...UND NIERENTEE BRINGEN ?!

www.medi-learn.de/kih69

Titel	Buntwäsche
Zeichner	Daniel Lüdeling
Jahr	2017

PATIENT KRAMPFT JETZT SEIT ETWA 15 MINUTEN IN DER BADEWANNE...
PERFEKT! SCHMEISST SCHNELL NOCH ETWAS WASCHPULVER UND DIE BUNTWÄSCHE DAZU!!
NFS
NOTARZT

www.medi-learn.de/koh69

Titel	Drogen
Zeichner	Daniel Lüdeling
Jahr	2017

ALLGEMEINE FAHRZEUG-KONTROLLE! FÜHREN SIE DROGEN MIT SICH ?!
CHEF, DER HUND SCHLÄGT AN !!
NOTARZT
NOTARZT
BTM
POLIZEI
tdh 17

www.medi-learn.de/kuh69

Titel	Durchfallquote
Zeichner	Daniel Lüdeling
Jahr	2017

ANGEBLICH IST DIE DURCHFALL-QUOTE SEHR HOCH...
PROF. A. NAHL
- PROKTOLOGE -
HEUTE: FACHARZT PRÜFUNG !!

www.medi-learn.de/lak69

Titel	Finanzamt
Zeichner	Daniel Lüdeling
Jahr	2017

JUNGS...
MACHT EUCH MAL GANZ LANGSAM FERTIG...
DAS FINANZAMT BRENNT!!

www.medi-learn.de/lek69

Titel	Gelaufen
Zeichner	Daniel Lüdeling
Jahr	2017

OP 8
NEBENAN IST NICHT SO GUT GELAUFEN. BRAUCHT IHR NOCH 'NE NIERE ODER ETWAS LEBER?!
ICH BIN 'NE SCHLAFMÜTZE

www.medi-learn.de/lik69

Titel	Laufrad
Zeichner	Daniel Lüdeling
Jahr	2017

TSCHÜSS
KLINIK

www.medi-learn.de/lok69

Titel	Hyponatriämie
Zeichner	Daniel Lüdeling
Jahr	2017

HERR KASULKE HAT SCHON WIEDER 'NE HYPONATRIÄMIE!
NA, DANN STELLEN SIE IHM DOCH MAL SO'N SALZLECKSTEIN ANS BETT!!
ÄKWL
t.ll. 17

www.medi-learn.de/luk69

Titel	Kaffeemonster
Zeichner	Daniel Lüdeling
Jahr	2017

www.medi-learn.de/mal69

Titel	Last Christmas
Zeichner	Daniel Lüdeling
Jahr	2017

LAST CHRISTMAS...
RD

www.medi-learn.de/mel69

Titel	Musketenschuss
Zeichner	Daniel Lüdeling
Jahr	2017

ICH WILL NICHT BEHAUPTEN, LANGE GEWARTET ZU HABEN, ABER DER PATIENT VOR MIR WURDE WEGEN EINES MUSKETENSCHUSSES BEHANDELT…
WARTE BEREICH

www.medi-learn.de/mil69

Titel	Nierensteine
Zeichner	Daniel Lüdeling
Jahr	2017

AH, DA IST JA AUCH SCHON DER KOLLEGE, DER IHNEN DEN NIERENSTEIN ZERTRÜMMERN WIRD!!
tolly 17

www.medi-learn.de/mol69

Titel	Postoperativ
Zeichner	Daniel Lüdeling
Jahr	2017

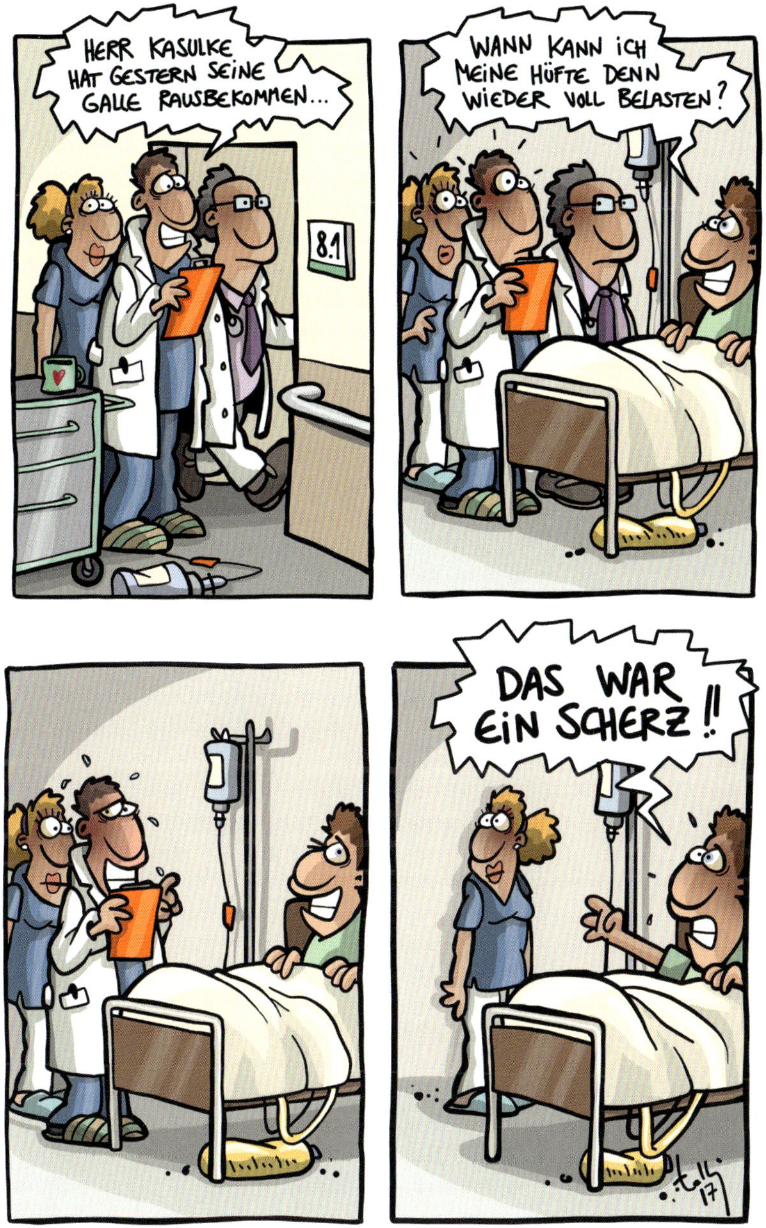
HERR KASULKE HAT GESTERN SEINE GALLE RAUSBEKOMMEN…
8.1
WANN KANN ICH MEINE HÜFTE DENN WIEDER VOLL BELASTEN?
DAS WAR EIN SCHERZ!!

www.medi-learn.de/mul69

Titel	Regionale Anästhesie
Zeichner	Daniel Lüdeling
Jahr	2018

WÜNSCHEN SIE EINE REGIONALE ANÄSTHESIE?!
FANGEN SIE JETZT AUCH SCHON DAMIT AN? IST JA WIE AUF DEM BIOMARKT!! MIR IST VÖLLIG EGAL, WO DIE HERKOMMT...

www.medi-learn.de/nam69

Titel	Schlaftablette
Zeichner	Daniel Lüdeling
Jahr	2017

TUT MIR LEID, DASS ICH SIE WECKE, ABER SIE MÜSSEN NOCH IHRE SCHLAFTABLETTE EINNEHMEN!!

www.medi-learn.de/nem69

Titel	Bodycheck
Zeichner	Daniel Lüdeling
Jahr	2017

HEUTE TRAINIEREN WIR DEN BODYCHECK BEI VERLETZTEN...
SANI
POLIZEI
SEK
BODYCHECK? KEIN PROBLEM!!
POLIZEI

www.medi-learn.de/nim69

Titel	Stillhalten
Zeichner	Daniel Lüdeling
Jahr	2016

WISSEN SIE, DAS IST HIER EIN ABSOLUTER SAUSTALL, DIESE STATION !!
AN IHRER STELLE WÜRE ICH MAL SCHÖN DIE FÜSSE STILLHALTEN, HERR KASULKE!
POST OP

www.medi-learn.de/nom69

Titel	Urologenunfall
Zeichner	Daniel Lüdeling
Jahr	2017

GOTT SEI DANK, DASS SIE ZUFÄLLIG VORBEI KAMEN, HERR DOKTOR…
NUNJA - ICH BIN UROLOGE…
toll 17

www.medi-learn.de/num69

Titel	Volumentherapie
Zeichner	Daniel Lüdeling
Jahr	2017

FIRST RESPONDER?!
JA, WIR HABEN SCHON MAL MIT EINER VOLUMENTHERAPIE BEGONNEN!
NOTARZT
NA
RD

www.medi-learn.de/pan69

Titel	ABC-Algorithmus
Zeichner	Daniel Lüdeling
Jahr	2017

WIR HALTEN UNS STRENG AN UNSEREN NEUEN ABC - ALGORITHMUS!
ABWARTEN
BEOBACHTEN
COOL BLEIBEN
DAMN
A
B
C

www.medi-learn.de/pen69

Titel	Appendektomie
Zeichner	Daniel Lüdeling
Jahr	2017

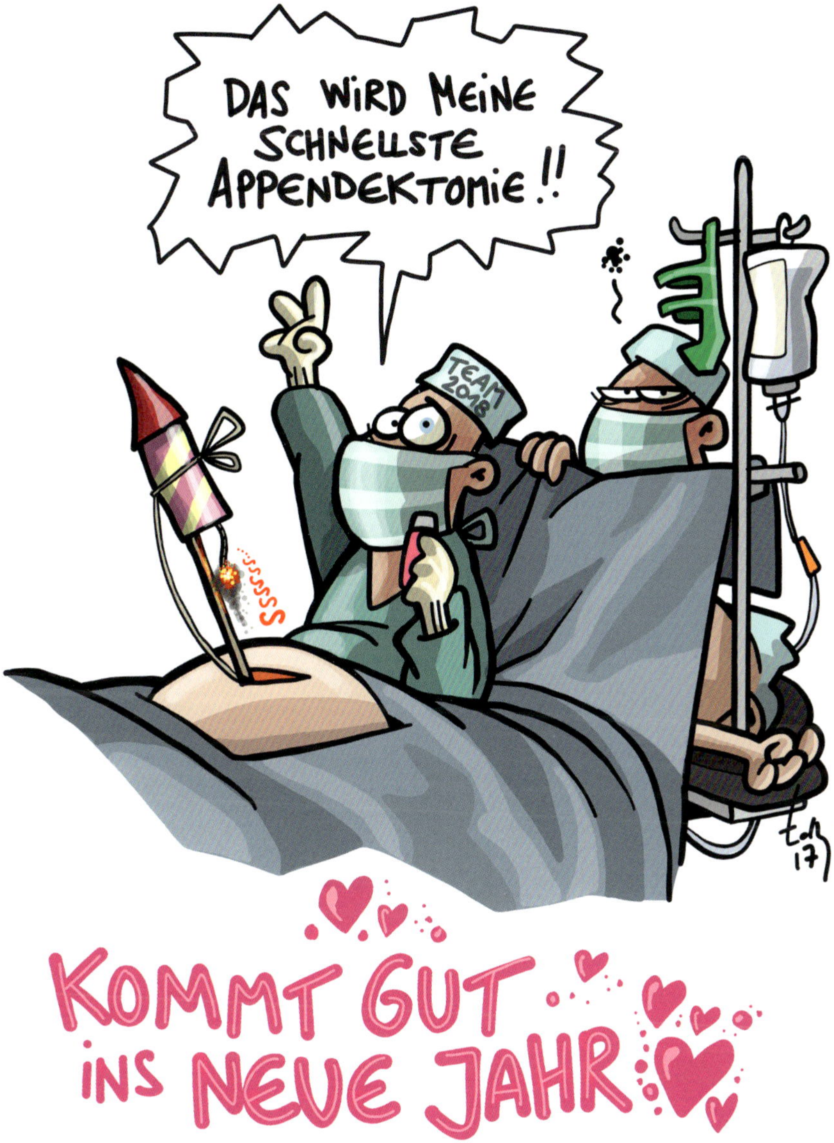
DAS WIRD MEINE SCHNELLSTE APPENDEKTOMIE !!
TEAM 2018
KOMMT GUT INS NEUE JAHR

www.medi-learn.de/pin69

Titel	Autoschlüssel
Zeichner	Daniel Lüdeling
Jahr	2017

MEINE AUTOSCHLÜSSEL SIND SCHÄRFER ALS DIESES SKALPELL!!

www.medi-learn.de/pon69

Titel	Blutwerte
Zeichner	Daniel Lüdeling
Jahr	2017

HERR DOKTOR, HABEN SIE ENDLICH MEINE BLUTWERTE? ICH STERBE VOR AUFREGUNG...
HM - NICHT NUR DARAN...

www.medi-learn.de/pun69

Titel	Crepes
Zeichner	Daniel Lüdeling
Jahr	2017

ICH HÄTTE GERNE CRÊPES
ONKOLOGIE
08.15
6
POLY
RAUMA

www.medi-learn.de/qap69

Titel	Dr. Vogel
Zeichner	Daniel Lüdeling
Jahr	2017

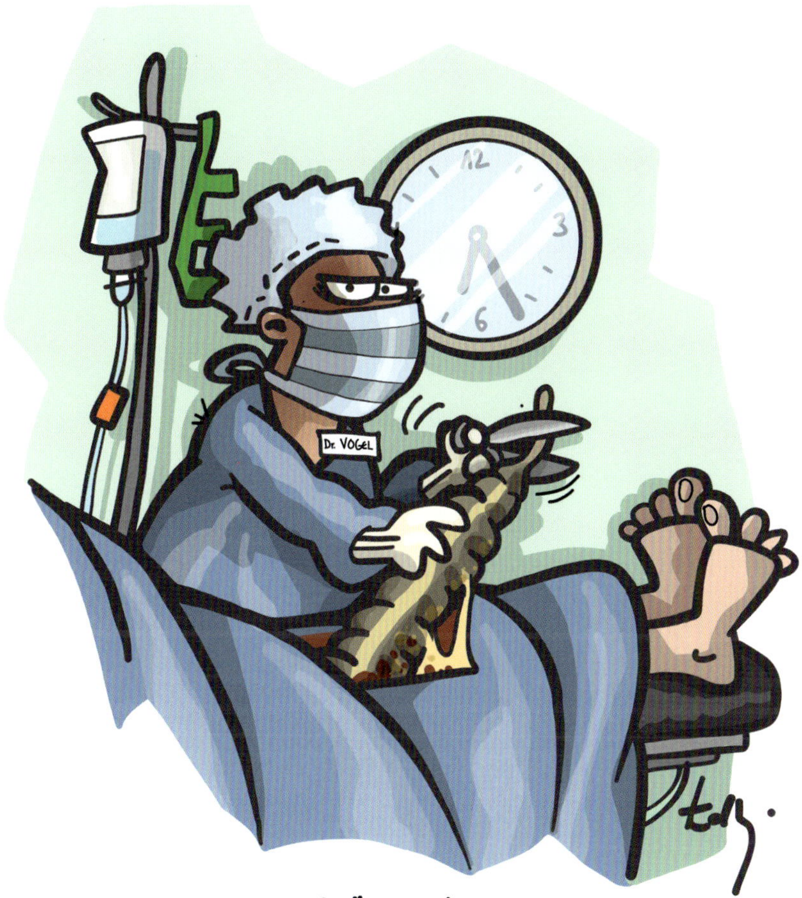

DER FRÜHE VOGEL
FÄNGT DEN WURM!

www.medi-learn.de/qep69

Titel	Einhaken
Zeichner	Daniel Lüdeling
Jahr	2017

6 JAHRE MEDIZIN STUDIERT UND DANN ZU DOOF KORREKT EINZUHAKEN!

www.medi-learn.de/qip69

Titel	Gebläht
Zeichner	Daniel Lüdeling
Jahr	2017

ICH GLAUBE, IHR ABDOMEN IST ETWAS GEBLÄHT...
NA
RD

www.medi-learn.de/qop69

Titel	GoPro
Zeichner	Daniel Lüdeling
Jahr	2017

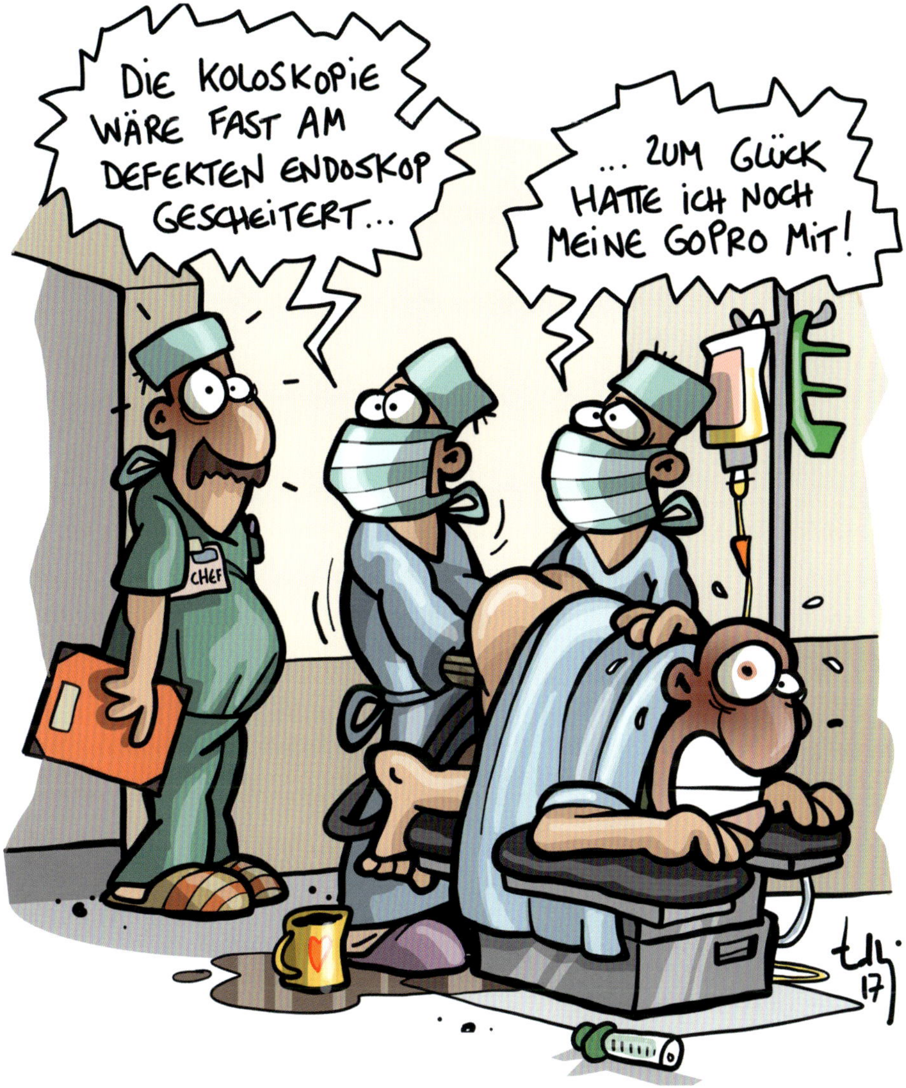
DIE KOLOSKOPIE WÄRE FAST AM DEFEKTEN ENDOSKOP GESCHEITERT...
... ZUM GLÜCK HATTE ICH NOCH MEINE GOPRO MIT!
CHEF

www.medi-learn.de/qup69

Titel	Hut
Zeichner	Daniel Lüdeling
Jahr	2017

www.medi-learn.de/raq69

Titel	Hypochonder
Zeichner	Daniel Lüdeling
Jahr	2017

HALLO DOC! HIER IST DER HYPOCHONDER AUS ZIMMER 8 UND SIE ERRATEN NIE, VON WO ICH SIE GERADE ANRUFE...

www.medi-learn.de/req69

Titel	Indikation ZNA
Zeichner	Daniel Lüdeling
Jahr	2017

WANN MUSS ICH IN DIE NOTAUFNAHME ?!

Etwas ist ab, was dran sein sollte?

Etwas ist drin, was draußen sein sollte?

Etwas lässt sich bewegen, was fest sein sollte?

Es bewegt sich gar nichts mehr?!

www.medi-learn.de/riq69

Titel	Krankes Rentier
Zeichner	Daniel Lüdeling
Jahr	2017

TUT MIR JA SEHR LEID, ABER ICH KANN SIE UNMÖGLICH MIT DIESEM KRANKEN RENTIER WEITERFAHREN LASSEN!
NA
HUST.
RÖCH
HELD!

www.medi-learn.de/roq69

Titel	Müdigkeit
Zeichner	Daniel Lüdeling
Jahr	2017

NACH MÜDE
KOMMT DOOF !!
#RETTUNGAMLIMIT
112

www.medi-learn.de/ruq69

Titel	Ostern
Zeichner	Daniel Lüdeling
Jahr	2017

– FROHE OSTERN –

www.medi-learn.de/sar69

Titel	Prioritäten
Zeichner	Daniel Lüdeling
Jahr	2017

ICH BIN ARZT!
ALS ERSTES SOLLTEN WIR
NACH SEINER VERSICHERUNGSKARTE
SCHAUEN...

www.medi-learn.de/ser69

Titel	Reanimations-App
Zeichner	Daniel Lüdeling
Jahr	2017

ECHT SUPER, DIESE REANIMATIONS-APP!!

www.medi-learn.de/sir69

Titel	4 Seiten Nachricht
Zeichner	Daniel Lüdeling
Jahr	2017

DIE 4 SEITEN EINER NACHRICHT
IST DER RETTUNGSWAGEN SCHON GECHECKT ?!
DEINE MUDDA IST SCHON GECHECKT !!
HELD
RD
SACHEBENE
BEZIEHUNGSEBENE

www.medi-learn.de/sor69

Titel	Segler
Zeichner	Daniel Lüdeling
Jahr	2017

WISSEN SIE - ALS ARZT HAB ICH AUCH MAL FREI...

www.medi-learn.de/sur69

Titel	Statistisch
Zeichner	Daniel Lüdeling
Jahr	2017

STATISTISCH STERBEN DIE MEISTEN PATIENTEN, NACHDEM SIE DEN ARZT GERUFEN HABEN !!

www.medi-learn.de/tas69

Titel	Leichtathletik
Zeichner	Daniel Lüdeling
Jahr	2018

'TSCHULDIGUNG, KÖNNTEN SIE BITTE MAL ETWAS BEISEITE TRETEN? WIR MÜSSTEN MAL ZÜGIG DURCH...
0815
XYZ

www.medi-learn.de/tes69

Titel	Absprache
Zeichner	Daniel Lüdeling
Jahr	2017

DER PATIENT IN ZIMMER 8 IST VERSTORBEN…
WAS ?!! DAS WAR NICHT MIT MIR ABGESPROCHEN!!

www.medi-learn.de/tis69

Titel	Aufklärung
Zeichner	Daniel Lüdeling
Jahr	2017

ANÄSTHESIE AUFKLÄRUNG

www.medi-learn.de/tos69

Titel	Druckpunkt
Zeichner	Daniel Lüdeling
Jahr	2017

DEIN DRUCKPUNKT IST ZU TIEF !!

www.medi-learn.de/tus69

Titel	Eier streichen
Zeichner	Daniel Lüdeling
Jahr	2017

ALSO BEI DEN CHOLESTERINWERTEN WERDEN WIR ZUNÄCHST MAL DIREKT IHRE EIER STREICHEN!!

www.medi-learn.de/vat69

Titel	Falscher Patient
Zeichner	Daniel Lüdeling
Jahr	2017

VERDAMMT - ICH BIN DER ERSTHELFER. EUER PATIENT LIEGT DA!
RD
TRAUMA TEAM

www.medi-learn.de/vet69

Titel	IQ
Zeichner	Daniel Lüdeling
Jahr	2018

WOW, ICH HAB TATSÄCHLICH EINEN IQ VON 160 ZU 80!!
DAS IST EIN BLUTDRUCK-MESSGERÄT!!

www.medi-learn.de/vit69

Titel	Höhenrettung
Zeichner	Daniel Lüdeling
Jahr	2017

KEIN SCHRITT WEITER, ODER...
ICH ALARMIERE DIE HÖHEN-RETTUNG!!

www.medi-learn.de/vot69

Titel	Kondome
Zeichner	Daniel Lüdeling
Jahr	2017

WAS HABEN NOTÄRZTE UND KONDOME GEMEINSAM..?!
MIT IHNEN IST ES SICHERER, ABER OHNE SIE IST ES SCHÖNER!!
NFS
NFS

www.medi-learn.de/vut69

Titel	Nachts
Zeichner	Daniel Lüdeling
Jahr	2017

NACHTS SIND
ALLE VIGGOS GRAU...
AHHHUUAAA
RD
NO

www.medi-learn.de/wav69

Titel	Pizzaservice
Zeichner	Daniel Lüdeling
Jahr	2017

DIE PIZZA HAWAII GEHT DANN IN DIE GARTENSTRASSE…
SORRY, NICHT UNSER LIEFERGEBIET!
DU HURENSOHN
WILLST DU AUFS MAUL?!
KOMM DOCH HER!
…ABER BRING PIZZA MIT!

www.medi-learn.de/wev69

Titel	Rauchen
Zeichner	Daniel Lüdeling
Jahr	2017

RAUCHEN KANN SCHWERHÖRIGKEIT VERURSACHEN...
NA, WIE GUT, DASS ICH NICHT TAUCHE!!
MEDICAL TRIBUNE

www.medi-learn.de/wiv69

Titel	Rezertifizierung
Zeichner	Daniel Lüdeling
Jahr	2017

DIESE VERDAMMTE REZERTIFIZIERUNG! STARTET DIE PUPPE NEU UND WIR MACHEN ES EINFACH NOCH MAL...
ÄH – DAS TRAINING WAR GESTERN, SVEN!
RS
till 17

www.medi-learn.de/wov69

Titel	Sortiment
Zeichner	Daniel Lüdeling
Jahr	2017

HEY- WER SIND SIE UND WAS MACHEN SIE HIER ?!
ACH, ICH BIN BESTATTER UND SCHAUE MIR NUR MAL IHREN BESTAND AN...

www.medi-learn.de/wuv69

Titel	Tatütattoo
Zeichner	Daniel Lüdeling
Jahr	2017

ALTER, DU HAST DIR ECHT 'N KRANKENWAGEN AUF DEINEN OBERARM MACHEN LASSEN ?!
HEY, SAG NIX GEGEN MEIN TATÜTATTOO!
RD

www.medi-learn.de/xaw69

Titel	Bestattung
Zeichner	Daniel Lüdeling
Jahr	2017

WÜRDEN SIE BITTE LANGSAM ZUM ENDE KOMMEN... ?!
NOTARZT
RD
... DIE TRAUERGÄSTE MÖCHTEN DIE BESTATTUNG GERNE FORTSETZEN !!
RD
17

www.medi-learn.de/xew69

Titel	Chefarztbehandlung
Zeichner	Daniel Lüdeling
Jahr	2017

WAS WAREN IHRE PROBLEME BEIM LETZTEN AUFENTHALT?
ICH WURDE VOM CHEFARZT BEHANDELT!!

www.medi-learn.de/xiw69

Titel	Dosierung
Zeichner	Daniel Lüdeling
Jahr	2017

DOSIERST DU DAS NACH ml/min. ODER mg/kg KG/h ?!
tdl 17

www.medi-learn.de/xow69

Titel	Dunkel
Zeichner	Daniel Lüdeling
Jahr	2017

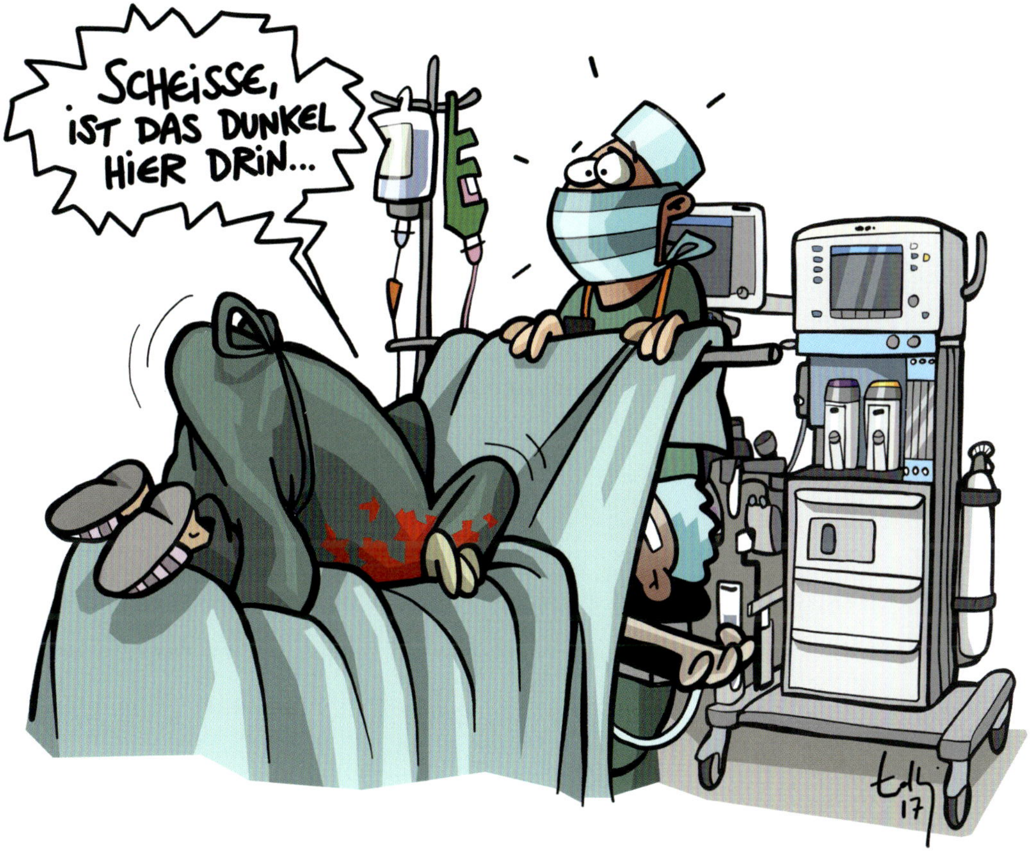
SCHEISSE, IST DAS DUNKEL HIER DRIN...

www.medi-learn.de/xuw69

Titel	Fleischsalat
Zeichner	Daniel Lüdeling
Jahr	2017

DIE JUNG'S AUF DER WACHE FRAGEN, OB WIR NACH DEM EINSATZ NOCH ETWAS FLEISCHSALAT MITBRINGEN KÖNNEN..
RD
COFFEE

www.medi-learn.de/yax69

Titel	Gebrannte Mandeln
Zeichner	Daniel Lüdeling
Jahr	2017

WIR BEKOMMEN GLEICH EIN INHALATIONSTRAUMA ÜBER DEN SCHOCKRAUM...
GEIL! GEBRANNTE MANDELN!
HNO

www.medi-learn.de/yex69

Titel	Gynäkologe
Zeichner	Daniel Lüdeling
Jahr	2017

Gynäkologen im Notarztdienst

www.medi-learn.de/yix69

Titel	Impfen
Zeichner	Daniel Lüdeling
Jahr	2017

NATÜRLICH MÜSSEN SIE NICHT ALLE KINDER IMPFEN. NUR DIE, DIE SIE AUCH BEHALTEN WOLLEN!
PAPA
WTF?

www.medi-learn.de/yox69

Titel	Kaffeemaschine
Zeichner	Daniel Lüdeling
Jahr	2017

ICH MÖCHTE NICHT VON MASCHINEN KÜNSTLICH AM LEBEN GEHALTEN WERDEN...
UND WAS IST MIT DER KAFFEEMASCHINE?!
COFFEEMASTER

www.medi-learn.de/yux69

Titel	Lebenslänglich
Zeichner	Daniel Lüdeling
Jahr	2017

JA, ICH BEFÜRCHTE SIE WERDEN DIESE MEDIKAMENTE LEBENSLÄNGLICH NEHMEN MÜSSEN...
0815
KALLE IST DOOF
'17

www.medi-learn.de/zay69

Titel	Mottoparty
Zeichner	Daniel Lüdeling
Jahr	2017

COOL, DIE FEIERN HIER 'NE THE WALKING DEAD MOTTOPARTY !!
WOHN GRUPPE 3

www.medi-learn.de/zey69

Titel	Ohne Medikamente
Zeichner	Daniel Lüdeling
Jahr	2017

UND WIE WOLLEN SIE OHNE MEDIKAMENTE MEINE SCHMERZEN BEHANDELN ?!
RA
180/90

www.medi-learn.de/ziy69

Titel	Quereinsteiger
Zeichner	Daniel Lüdeling
Jahr	2017

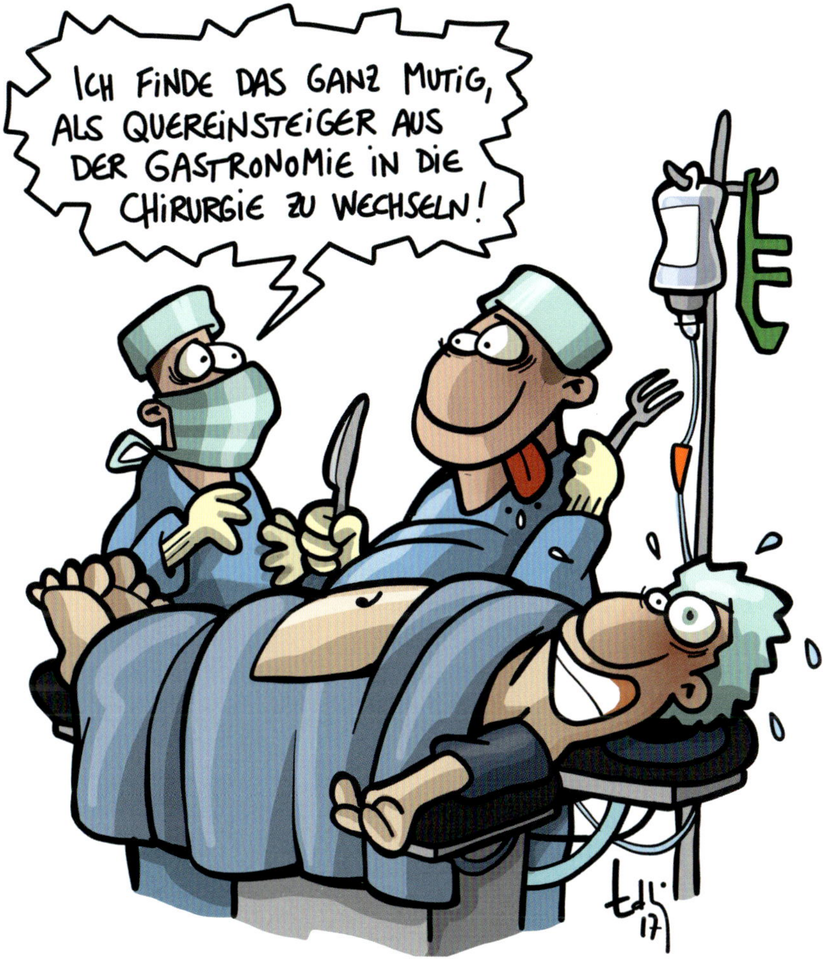
ICH FINDE DAS GANZ MUTIG, ALS QUEREINSTEIGER AUS DER GASTRONOMIE IN DIE CHIRURGIE ZU WECHSELN!
tdl 17

www.medi-learn.de/zoy69

Titel	Schockraum
Zeichner	Daniel Lüdeling
Jahr	2017

HALLO?!
ICH WARTE MIT MEINEM GESCHWOLLENEN FINGER JETZT SCHON SEIT 30 MINUTEN!
EKs

www.medi-learn.de/zuy69

Titel	Unterschenkel
Zeichner	Daniel Lüdeling
Jahr	2017

SALZKOTTEN
↳ WALACHEI 8:45
GEHÖRT EINEM VON IHNEN ZUFÄLLIG DIESER UNTERSCHENKEL ?!
NA
KRASS

Viel mehr Cartoons auf

www.medi-learn.de/cartoons